가죽옷에 핀 꽃

김경범 시집

문학사계

시인의 말

　인생은 알면 알수록 재미가 있다. 하나님의 흔적이 사
람들을 통해 오고 가는 걸 느낀다. 오랫동안 군 생활과 신
앙생활을 하며 열심히 살아왔다. 신앙생활을 통해 더불어
함께하는 진리를 배웠고 군 생활을 통해 곧은 성품이 만
들어졌다. 돌이켜 보면 어느 하나 혼자서 한 것은 없다. 지
금까지 나를 성심껏 내조해 주고 네 자녀를 양육하다가 검
은 머리가 다시 검게 된 아내에게 미안하고 고마울 따름이
다. 내가 등을 긁어주며 귓속말을 하면 아내는 꿈을 말한
다. 함께 찰진 밥을 지어 영원의 밥상을 차려보자고. 그렇
게 죽을 때까지 행복하게만 살아가자고.

　이렇게 태어난 시집이 바로 『가죽옷에 핀 꽃』이다. 이
시집을 내는 데 도움 주신 서울디지털대학교 문예창작학
과의 오봉옥 교수님과 황송문 교수님께 진심으로 감사드
린다. 또한 고희의 눈에 뜨거운 액체를 선물한 사위와 딸
에게 영원한 나의 묘비로 선물하고 싶다.

2020년 10월 10일
광주에서 김경범 절

차례

시인의 말·김경범

제1부 늘 생각하는 기도

늘 생각하는 기도 | 13

가죽옷에 핀 꽃 | 14

돋보기 사랑 | 16

태양의 향기 | 18

유리병 | 19

십자가 조각 | 20

무정 | 22

내가 없는 세상 | 23

가뭄 | 24

구린 자리 내 자리 | 25

마라도에서의 하얀 꿈 | 26

아무도 것도 아닌 나 | 28

제2부 낙엽에 쓴 편지

빛의 노래 | 31

꽃의 기도 | 32

봄의 잉태 | 34

겨울옷 | 36

마른 풀 | 38

노을의 깃털 | 39

망 상 | 40

그분의 음성 | 42

낙엽에 쓴 편지 | 43

숨길 수 없는 그리움 | 44

산에 올라 불러본다 | 46

나이테 | 48

제3부 안개로 휘말린 가을

연한 잎사귀 | 51

꿈 | 52

종이컵 속에 | 54

백설기 | 55

보양탕 | 56

무가치 | 57

가슴을 열지 않고 말하는 것 | 58

추석 | 60

눈 덮는 야행 | 62

생명의 기원 | 64

안개에 휘말린 가을 | 65

만드신 이의 소리 | 66

제4부 가슴속에 핀 매화

주님의 체온 | 69

십자가로 살리신 예수 | 70

가슴속에 핀 매화 | 71

스트레스 호흡 | 72

그림 | 74

주인 떠난 까마귀 | 76

삼현 삼죄 | 77

대나무 | 78

멀리서 이고 온 차향 | 80

봄이 주는 그리움 | 82

친구에게 | 84

아침 햇살 | 86

제5부 은빛 그리움

개나리 기억 | 89

심장의 피가 사랑의 희열로 | 90

성찬의 기쁨 | 92

나도 한다 | 94

만드신 이의 기쁨 | 95

갈망 | 96

입술 굳게 다문 고백 | 98

고백 | 99

은빛 그리움 | 100

하루 | 102

어두움의 그림자 | 104

아궁이에 핀 군불 | 106

줄을 잡아당기는 | 108

신부의 메아리 | 109

그대가 있기에 | 110

하얀 깃털 옷 | 111

작품해설

늦깎이 시인이 빚어낸 눈물 어린 시편들 - 오봉옥 | 112

제1부
늘 생각하는 기도

늘 생각하는 기도

가죽옷에 핀 꽃

돋보기 사랑

태양의 향기

유리병

십자가 조각

무정

내가 없는 세상

가뭄

구린 자리 내 자리

마라도에서의 하얀 꿈

아무도 것도 아닌 나

늘 생각하는 기도

주님!
　별을 보도록 눈을 주소서
주님!
　별을 찾아 가도록 발을 주소서
주님!
　몸 안에 계신 주님께 드릴 선물 안을 손을 주소서
주님!
　손엔 지팡이 뿐인데 이 몸을 받으소서

가죽옷에 핀 꽃

목구멍까지 차오르는 죄악이
줄기 타고 흐느낀다
귓속에 밀려오는 사랑하는 자의
음성에 붙들려
숫한 허물 눈물이 고백한다.

가죽 옷 깁던 손
바늘에 찔리는 고통 마다하지 않고
해어진 심장 안아
산산이 부서진 형상
한 뜸 한 뜸 꿰매는 아픔보다
돌아서지 못하는 영혼의 고통에
피 비린 내음 하늘에 뿌린다.

아버지여!
잔을 옮기지 마소서
저들의 행위로 왕관을 씌우소서.

밀러 오는 고독이
땅을 가르고 영. 육. 혼이 일어선다.
흥건한 피 비릿 비가 되고 뇌성이 멈추니
메던 목이 풀리고 현악이 울린다.
눈물이 도는 눈망울에 붉은 홍조 생생하며
가죽 옷에 생명 드니
허물이 무너져 영혼을 찬양한다

땅덩이가 꽃으로 피고
밟힌 땅이 꿈틀거린다.

돋보기 사랑

가물거리는 희미한 형체
사로잡힌 마음을 털어버릴 수 없다.

사랑한다는 말이
가슴으로부터 생성될 때
그녀는 벌써 내 가슴을 헤집어
끈적이는 액체로 막아선다
문이 없는 방울을 두드리며
고백이라도 할라치면
맑고 밝은 그녀의 미소는
투명한 유리관에 갇힌 눈을 당긴다.

나는 그녀를 볼 수 있는 안경이 필요하다.
멋들어진 선글라스를 끼는 것은
그녀 앞에 너무 호사스럽다.

유리창을 걷고 바로 맞을 수 있는
돋보기가 급하다.
그녀와 내가 바로 잡을 수 있는
가슴을 뚫는 돋보기가
햇살이 내리꽂혀
멋들어진 선글라스로 내리쫓는
햇살을 어깨동무하며 바라볼 수 있는
희열 하는 그날을 위해
갑갑한 돋보기로 내 사랑을 만나리라.

태양의 향기

빛의 향기가
생명을 감싸 안는다.

빛이 빛임을 감사하지 못했네.
따스한 태양열도 감사하지 못했네.
방 끝까지 찾아드는 빛을 반기지도 못했네.

내 안에 가두어 버린 태양
뜨거운 여름이면 검은 구름을 불렀으나
이젠 부르지 않아도 되겠네

부끄러움 숨기려
창문을 닫고 가렸지만
한 치 가냘픈 눈꺼풀 올려 들 수 없어도
커튼으로 가릴 필요가 없겠네.

아직
이 아름다운 태양의 향기에 젖어
향수를 즐길 수 있어 행복하다네.

유리병

그리움이 유리병을 채운다.

쫓아갈 수 없는 하늘
날개 접힌 학 되어
가슴앓이로 병 안에 시들어간다.

눈알을 삼켜 버린 노을도
조각 빛 가져다준 애달픔도
깊은 바다가 삼켜버렸다.

유리창 문에 갇혀
웅크린 이파리 한 잎
바람에 목을 매니
어둠이
여인의 눈을 충혈 시킨다.

무정의 그리움
깃털 없는 날개 허우적거리다가
유리병에 피를 토한다.

십자가 조각

꼬옥 움켜쥔 당신 믿음이 아름답소.
누가 쥐어 주었는지 알 수 없으나
천정을 향한 천진한 눈웃음이
아침이슬에 젖은 꽃처럼 순백하오.

어쩌다 발끝 꿈틀거림이 전부인 당신
손가락 한번 재롱떨어 행복을 주는 당신을
산고의 해산으로 출생하신 어머니
손 언제 잡아 주겠소.

지난 수년간 가슴으로 잉태해 또 한 번
출생의 고통을 안긴 당신이기에
이제 그만 홀홀 털고
그분의 재롱을 받아들여야 하지 않겠소.

당신의 손에 들려진 십자가의 대가
인류의 소망이었으니
당신은 어머니의 소망을 들어줘야 하지 않겠는가 말이오.

일어서시오.
베드로가 아니어서 그런가요.
바울을 기다리는 것인가요.
귀가 들리지 않으면 눈으로 들으시오.
뇌세포가 잠들었다면
뜨겁게 뛰는 심장으로 들으란 말이오.

천국일랑 아직 이른가 보니
멀미 나는 신문지 깔며 젖은 눈물
당신의 배설물보다 많았고
면도날 핏발에 안타까워 피골이 상접한
어머니의 가슴을 이제 그만 헤어나시오.

무정無情

무뎌진 그리움이
가을을 안는다

부딪칠 수 없는 사랑
접힌 학이 되어 갇히니
아리는 복받침이
유리병에 차오른다.

바다가 삼키다 목에 걸린
노을이 달을 물고
그 빛에 쫓겨난 어둠이
그림자를 안고 버둥거린다.

웅크린 이파리
밤하늘에 주저앉으니
이슬이 부풀어 오르며 그 안의
여인이 잠에 빠진다.
낙엽도
긴 가을밤을 안는다.

내가 없는 세상

내가 없다.

눈도 있고
머리도 있다.
화가 치밀면 얼굴이 화끈거리며 가슴도 뜨거워진다.
그런데 왜 없는가!

볼 수도
보이지도 않는 것은 무언가
버스에 갇혀 헐떡이는
각색 사람들의 지친 얼굴들.
차창 오가는 형상과
화면을 바꾸는 세상은 있는데 나는 없다.

형체도 그림자도 보이지 않는 무아지경에
오늘도 나는 나를 잃어버렸다.
그저 죽음을 보지 못하고
땅바닥 콩을 핥아 먹는
돼지처럼 길을 비집고 헤쳐 간다.

가뭄

땅심을 빌어먹는
누런 잔디에
막 피어나는 빛이 생동한다.

일어서길 수천 번
지친 모습 이슬에 코를 박아
호흡을 가눈다.
서쪽 하늘 비행하는
작은 빛도 그림자를 안는다

어둠을 밝히는
십자가도 합세하여 이슬을 독촉한다.
별들이 버리고 간 빛은
이슬방울을 깨뜨려
누렇게 생명이 다한 풀 세우려
혈관에 빨대를 들이민다

구린 자리 내 자리

남이 앉은 자리 더럽고 추한 자리
내가 앉으면 청결하고 깨끗한 자리

피고름
얼룩진 매트리스 시트 한 장으로 감춰진
불결한 자리지만
손안에 화장지 한 장
온화한 마음 닿으면
포근한 병상의 침상이다

고통스러워 하며 소리치던 아픔
숨을 헐떡이며 가래가 목을 휘감아도
살아있다는 안도감에 희망을
가졌던 숱한 자리다

간신히 올라온 백색 홑이불 한 장에
붉은 피로 생명을 불안케 했지만
내가 펼쳐 놓은 홑이불 요
마음을 다스려 평안으로 안도한다.

마라도에서의 하얀 꿈

머플러 휘감긴
목덜미에 더위가 온다.
부딪치는 바닷소리
입안을 파고든다.

눈가 잔주름 흥이 깊다.
염기로 가득한 따스함은
구워 내린 머리카락을 편다.

하얀 깃. 검정 통치마
댕기 머리.
모래 거울 비추니
은빛 꿈이 간지럽다.

이제 쉰 하고
또……

바람은 노 소녀를 해몽하려
정수리 눌러 주저앉힌다.
그러나
입안 가득한 한 모금 노래로
세월 흔들어 꿈을 잇는다.

햇살 위 뜀박질하는
빨간 꿈이
쉰 머리숱만큼 달아오른다.

아무도 것도 아닌 나

걸을 수 있다면
주의 길을 걷게 하소서

눈을 뜰 수 있다면
주의 형상을 보게 하소서

입을 열 수 있다면
주를 찬양하게 하소서

들을 수 있다면
주의 말씀을 듣게 하소서

심장이 박동한다면
성령님의 역사 전하게 하소서

제2부
낙엽에 쓴 편지

빛의 노래
꽃의 기도
봄의 잉태
겨울옷
마른 풀
노을의 깃털
망 상
그분의 음성
낙엽에 쓴 편지
숨길 수 없는 그리움
산에 올라 불러본다
나이테

빛의 노래

흔들리는 바람 사이
빛이 오간다
짙은 숲속을 오가는 빛
술래가 된다.

카멜레온처럼
색색이 옷을 갈아입는
나무숲 사이에
짓궂은 안갯길을 가른다.

길 따라 달음박질치는 햇살에
깜짝 놀란 단풍잎 하나
후드득 밀려서니
등 뒤 소리치는 눈방울 이슬이 맺혀
인생의 긴 술래에 머리카락 희어진다.

꽃의 기도

꽃잎 세다가
밤새워 꿀샘이 터졌다.

헐떡이는 무질서에
숨을 고른다

세상을 호흡하며
인생을 향기 내듯
꽃들은 지금이 좋다
마냥 웃을 수 있어 행복하다.

노란 향
빨간 향
각색 모습을
피워 드나드는 것들을 짓누른다.

요염한 꽃잎이기를
영원한 향기이기를 원한다.

그래서
꽃잎 해하는 눈을
미치게 하고 싶다.

봄의 잉태

하늘과 땅을 잇는
뿌연 안개 속에
생명의 속삭임이 시작된다.

겨우내 움츠리던 세상사가
고통의 시련을 추억 속에 감춘 채
활발하게 열매를 위해 땀을 흘린다.

연분홍 사랑 빛에
사람들의 가혹한 연살
꽃잎 속삭임에 빨려 들어간다
새색시 눈웃음에
인생을 함께할 것을 다짐하여
봄날의 향기는 짙어간다.

잠들고 싶다
그녀의 눈에 나를 묶어두고 싶다
멈출 수 없는 시간이라면 깊이 빠지고 싶다
봄이여 영원하리
사랑이여 영원하리
하늘과 땅에 있는
모든 것들이 봄이기를 원한다.

겨울옷

매몰찬 눈밭
호화로웠던
마지막 남은 겨울옷

마른 통나무 베틀에 앉은
겨울나무여
이제 그만
너의 옷 준비하렴

홀홀히 벗어버린
겨울나무여
연초록 치마저고리
장롱 뒤척이는 기쁨
조금 더 누리도록 배려하렴

겨울나무
너는
이제 옷을 입도록 하렴

너를 잊는 아픔을
오래도록 참아 보렴

눈이 오는 그날엔
버거운
베틀에 앉지 않아도 되잖아

마른 풀

살랑 잇는 마른 풀 위에 소식이 왔다.

겨우내 중단된
씨알머리에 이슬이 속삭이니
물기가 돌고
꽁꽁 엉키어 버린
모래알이 부딪쳐 빛을 발한다.

속삭이는 소리가
씨앗이 되고

호미 든 아낙네
입가에 미소가 드니

연둣빛 초롱에
입맞춤이 있고

초록 이파리 이슬방울
꽃밭을 이룬다.

노을의 깃털

냉혹한 바람에 노을이 떨고 있다.

산 넘기 싫어 주저앉으려 하지만
돌이킬 수 없는 실수로
노을은 태양의 냉대에 사라져 간다

슬픈 깃발 흔들며
후에 좋은 친구 되어줄 것을 약속하지만
어둠에 접어진 노을은 눈망울 접으며 기운다.

냉혹한 종말은 자취를 감출 수밖에 없다.

그저 자연의 섭리려니
허탈한 가슴을 조아리며
사라지는 깃털 붙잡으며 울먹인다

망 상

그리움은 그림을 그리게 한다.
망상 속에 자신을 넣어 그리운 이와 함께
사랑의 꿈을 꾼다.

밥을 먹고 여행도 하고 낭만이 있는 숲을 거닐며
사랑을 속삭인다.
조잘대는 새들이 음악을 깔고
숲속을 거니는 즐거움은 둘만의 세상이다
둘은 손을 잡았고
기쁨과 슬픔을 감싸 안으려 다짐도 한다

언제나 사랑은 기쁨만이 있는 것은 아니다.
아픔을 나누는 동안 사랑은 더욱 성숙해져
서로를 더욱 깊이 알아 이해와 용서 화목하여
영원한 세계로 익어 간다.

그릴 수 없는 사랑의 얼굴을
마음의 등불로 그릴 수 있다는 것은
인간만이 할 수 있는 유일한 능력이니
얼마나 감사해야 하는지 모른다.

빛 속에 사랑하는 이의 길을 열어주고
힘이 되어 준다는 것은
우리만이 할 수 있는 사랑이기에 행복하다.

사우나를 즐기는 사람들 중에 뭇 남성들을 바라다보며
자신의 이상을 그리는 것은
자신만의 유일한 기쁨이며 희락이다.
미남이지도 건장하지도 못하는 사람을 그리며
상상의 날개로 접하는 것은
자신의 망상을 그려가는 행복이기 때문이다.

그분의 음성

소리는 귀가 아니어도 들린다.
입술이 아니어도 말은 목줄을 탈 수 있다.

아프지 않으면 아픔을 알 수 없고
아쉬움이 없으면 아쉬움을 모른다

당신의 아픔을
당신의 아픔으로

당신의 아쉬움을
당신의 아쉬움으로

할 수 있는 것은 오직
그분의 음성만이 가능하다.

낙엽에 쓴 편지

노크했지만 문은 잠겨 있다.

살며시 귀를 기울여 방안을 살피지만
조용한 삭막함이 고요를 부른다.
30분 1시간
기다리다 구르는 낙엽을 바라다보며
씁쓸한 미소를 낙엽에 전한다.
돌아서는 발자국이
바람에 지워지지 않기를 꼭꼭 밟아본다.

사람들의 발자국에 짓밟혀 지워지지 않아
기다리다가 거꾸로 된
자국을 발견했으면 하는 간절함으로 돌린다

하찮으며 애달프게 굴러다니는
낙엽 움켜잡아 눈물로 쓴 편지를
전해 달라고 부탁하며
그저 비가 오길 기대한다.

숨길 수 없는 그리움

괜찮다는 말보다
차라리
보고 싶었다고 말하자

보고 싶었다는 말보다
차라리
만나고 싶었다고 말하자

만나고 싶었다는 말보다
차라리
대문 앞에서 서성이며
기다린다고 말하자

그리움에 겨워
여미는 가슴이 울렁거리는
들썩임도
호젓이 젖어 오는
눈동자도
그 안에 가두어진 그를
꺼내기는 역부족한
그리움의 슬픈 시간이
오늘을 힘들게 했다고 말하자

산에 올라 불러본다

하늘이 너무 높아 고개를 떨군다.

주-욱 따라잡아 보려다가 눈이 부셔 산 위를 본다
꼭대기에 떠 있는 한 줌 구름을 떠다가
하얀 도화지 위에 올려놓으니
그녀가 미소를 짓는다
뽀얀 살결에 동그란 얼굴 한가운데서
빨갛게 바른 루주가 춤을 추는 것 같다.

마음이 그림판이 되어 그리움으로 가득 채워가니
슬픔은 비가 되어 흐른다.

해는 동편에서 서편으로 집을 찾아가는데
해 따라잡는 난 그녀를 잡을 수 없으니
파란 하늘을 감추는 먹물이 나를 읽는다

산과 들이 연초록 옷 갈아입어
서쪽에서 몰려오는 구슬픔이 노을에 휩쓸려
서러움을 더해 간다

봄이라면 환한 꽃이련만,
꽃보다 귀한 그녀는 어디에서 슬피 울까.
꿈의 꽃으로 다가오는 그대의
아련함이 동에서 피어오르길 기대하며
산 위에 올라 불러본다.

나이테

늦은 비로 무성해진 나무
너도 나처럼 나이테를 감추려
애쓰지만 곁에 흐르는 주름살
어쩔 수가 없나 보다
아!
모진 하루살이
접어지는 달력
양지바른 햇살을
다시 볼 수가 정녕 없단 말인가.

제3부
안개로 휘말린 가을

연한 잎사귀

꿈

종이컵 속에

백설기

보양탕

무가치

가슴을 열지 않고 말하는 것

추석

눈 덮는 야행

생명의 기원

안개에 휘말린 가을

만드신 이의 소리

연한 잎사귀

두꺼운 껍질을 뚫고
양수가 터진다.

밉지도 곱지도 않지만
틈새의 연록 이파리
태문을 연다.

뽀송한 솜털 입술로
이슬을 핥는다.
미풍이 삼켜버릴까 봐
사르르 떠는 입술이 귀여워
유록 빛 햇살의 미소가
카멜레온 기지개 켜며
불을 밝힌다.

꿈

꿈이란
바라는 실상이다.

하늘을 날 수도 있고 땅을 길 수도 있으며
꽃을 피울 수도 있고
열매를 맺을 수도 있다
꿈엔
헤어질 수도
만날 수도 있어 꾸고 싶다

꿈은
별과 달처럼 보이지만
붙잡지 못할 수도 있다
그러나
꿈은
인생에 빛을 주고
사랑과 기쁨과
그리움과 만남의 약속이기에 꾸고 싶다

보이지 않지만 가슴에 뿌려져
심장에 싹을 내고 자라
생령이 되니
꿈을 꾸고 싶다.

당신의 꿈을!

종이컵 속에

구월의 향취가 가득한 사무실 오후
바람 소리를 동반한 컴퓨터 소리와
비좁은 시야를 가리는
벽 속의 그리움이 서글픔을 부추긴다

전투복 구령 소리 달가닥거리던
동전의 희생으로
전해 오는 그윽한 향은 분위기를 반전하여
피로를 풀어주기에 넉넉하다

종이컵 속 더덩실 춤추는 전우 향
생각과 뜻을 함께하는 사랑의 영향력
내일은
또 다른 내일로
전우애를 다져간다

백설기

백설기 하얀 떡판에
툭 띠는 콩 알맹이
지나가는 인생을 돌아보듯
고개 돌려 창밖을 본다.

떡이야 어찌 되든
세상이나 볼 상 싶어
나뭇가지 가느다란 흔들림에
힘을 입어
두 눈을 번쩍 눈썹 추겨 세운다.

혹시나 잃어버린 사랑
가까이 설레는 마음 들켜 버렸나 보다.

씻기인 세상 죄
눈앞에 살피며
송곳처럼 곧은 성격
다스리지 못해
망부석이 되려나 보다.

보양탕

가마솥
모락모락 연기가 피어오른다.

밥 냄새도
군불도 아닌데 피어오른다

동내 푸른 쟁반에
빠뜨린 암탉의 슬픔처럼
보글보글 구름인 양
하늘을 오른다.

두세 갈래
구름 젓가락 국탕
휘-이 저어
지친 영혼에
보양되길 미소 지으며
후르르 치세워 삼키고 싶다.

무가치

생각할 수 없는 생각은
죽음일 뿐이다.

행동하지 않는 계획은
몽상일 뿐이다.

숨을 쉬지만
영 없는 호흡은
무가치일 뿐이다.

새벽을 밟지 않는 사람은
살았으나 죽은 사람이다.

가슴을 열지 않고 말하는 것

가슴을 열지 않고 말하는 것은
농락하는 것이다.

눈을 돌리지 않고 말하는 것은
미움이 가득한 것이다.
눈을 부라리면서 말하는 것은
과격함을 알리는 것이다
말을 하는 둥 마는 둥 하는 것은
성의 없는 것이다.
말을 막으며 침묵하는 것은
말을 막는 기만행위이다.

앉아서 말을 하는 것은
포기하는 것이다.
서서 말을 하는 것은
억압하는 것이다.

누워서 말을 하는 것은
병이 깊다는 것이다.
말을 말같이 하지 않는 것은
무기력한 것이다.

말이란 깊고 가벼워 말을 받는
이로 하여금 인격이다

추석

산 넘어 숨기운 달빛을 기대하며
탯줄을 따른 긴 행렬이다

유달리 더디 움직이는 달빛 따라
삼천만이 남하 한다
점점 익어 가는 빛
성큼 다가서는 고향
익은 달 만큼 가득하다
어느덧
환한 웃음 안은 달덩이
훤하게 밝아 가마솥 안에
여물어 간다.

이 밤이 새면
달은 점점 찬 음식 되어
식어갈진대 가족의 깊이가 더한다

달 구름 속에 숨었다 나오고
또 숨는 동안
아이를 속이듯 한 조각 꿀떡이 되며
새 울음 울어
흩어지는 아픔 어버이 가슴 구슬퍼 간다.

눈 덮는 야행

뽀드득 뽀드득 눌리며 밟힌다.
앞서가는 불빛 따라
발자국 그림자를 움직인다.

반짝이는 유리조각
불빛에 그림을 그리며
뽀드득 뽀드득 힘차게 옮기어 간다.

세 살 박이 아이도
여든 살 드신 어머니도
야행에 어두움을
두려워하지 않다며
달 머리 친구 삼아
뽀드득 뽀드득 인생을 사냥한다.

아이 녀석 신이 나서
뽀드 뽀드득 불빛 밟고
할머니 손자 꽃신 벗어질라
뽀드득 뽀드득 쉴 틈이 없다.

구경나선 흰 눈발
싱글벙글 반짝이고
눈 나무살 달님도 그림 모델 세워
손 칠이 바쁘다.

생명의 기원

5월의 하늘 타고 천사가 내려왔다.

하나님께서 가문에
복을 주사
생명의 씨를
이 땅에 뿌리셨다.

한 알의 생명을
이 땅에 뿌리시기에
밭을 갈고 물을 주어
땀을 흘러야 했는데,

감사가 없어
고통을 주사 생명을 보내 주셨다
할미의 기도로 세상을 깨우는
울음은 그를 알고 있는
먼저 된 자들을 깨우침이다.

안개에 휘말린 가을

안개를 비집고
가을이 부른다

희미하게 홍조 띤 모습은
초라하지만 아름답다
집터 밭이랑에
서리를 맞은 고구마 줄기도
유혹하는 이슬을 물리치며
마음을 비운다

붉은 알몸을
시어에 빼앗겨버린 열매는
삼류시인의 흔들리는
붓에 잠적한다.

가을도
시인도
안개 깃에 휘말려 감긴다.

만드신 이의 소리

궁창에 하늘의 빛이
안개를 말아 올린다

심장의 소리가
호흡으로 승화되고 울림이
산과 바다를 움직인다
숲들의 하모니로 노래 부르니
파도가 질세라 구름을 오르내린다

하늘의 손이 흥겹게
토기를 빚고
심장이 이식된다.

뭍에 호흡이 맞대어
호명하니 푸드득 화답한다
생동하는 생명들이
좋았더라
말씀에
세상은 화평해진다.

제4부
가슴속에 핀 매화

주님의 체온

십자가로 살리신 예수

가슴속에 핀 매화

스트레스 호흡

그림

주인 떠난 까마귀

삼현 삼죄

대나무

멀리서 이고 온 차향

봄이 주는 그리움

친구에게

아침 햇살

주님의 체온

새벽에 안아주신
주님의 체온은
소망의 에너지가 됩니다.

한낮에 안아주시는
주님의 체온은
기쁨의 시너지가 됩니다.

저녁에 안아주시는
주님의 체온은
꿈의 비전이 됩니다.

한밤에 안아주시는
주님의 체온은
안식의 체온이 됩니다.

십자가로 살리신 예수

형벌의 대가로 생명 잃은 기둥에
물을 주니 싹이 돋는다.

벌레가 파먹어 쓸모없는 막대기에
빛을 더하니
살구나무에 꽃이 핀다.

야유는 기도가 되고
피는 불기둥으로
창끝은 생명의 싹을 돋는다.

돌문이 열리니
온 녘에
함성으로 자던 자도 일어난다.

가슴속에 핀 매화

붉은 미소로 태어나는
매화꽃 향
가슴에 간직하다가
잔잔한 호수에 풀어 그린다.

푸른 머리카락
초록빛 자태
시샘하는 바람 호수를 깨워
파도의 미로가 슬픔에 잠겨도
가슴에 새겨둔 사랑은

봄이 오면
향기 가득 품고 꽃 되어 피려니
애타는 기다림은 해 갈수록
묵히는 그리움만
항아리에 가득하다.

스트레스 호흡

우산 뒤집히는 비바람 길을 걷고 싶다

살을 쪼는 뜨거운 태양열 아래
선크림 없이 걷고 싶다

폭설 차곡한 가로등
하얀 눈썹 길게 늘어뜨려도
따스한 봄이 오기에 고드름도 싫지 않다

가뭄에 갈기갈기 논밭 갈라져 작물 앙상해
뼈골이 상접해도 짜증 내기보다
오히려 물 짐을 지고 싶다.

바다 한가운데 용트림으로 세상 휘감아
들녘을 망가뜨린 볼라벤과 겨누어 보고 싶다.
백년의 한랭 얼마나 강하게 몰아닥칠지 모르나
그와 겨누어 보고 싶다

하지만
이제는 그 모든 것들이 나를 지배한다.

위장까지 파고든 피딩 백(feeding beg)의 딱딱한 줄기가
생명의 전부이다
가끔은 움직임이 더디어 막힌 뒷간을 돕는
간병인의 수고에 낯부끄럽지만
언젠가 그들에게 고맙다는
언어를 꼭 꼭 꼭 표현하고 싶다.
사랑한다고
고맙다고

그림

눈을 감는다
아무것도 보지 않으려 더욱 깊이 파고든다
입을 다문다
아무 말도 하지 않으려 입술에 힘을 준다
몸을 움츠린다.
아무것도 하지 않으려 온몸에 가하는 힘에 굳어간다

발가락에 힘을 주어보고 다리를 조아린다
팔을 옭아맨다

누구도 그가 호흡을 하고 있다고
믿지 않는다.
역겨운 세상이라 포기도 아니다
오가는 사람들이 싫어서도 아니다

오히려 손을 잡고 싶다
오히려 눈을 뜨고 싶다
발을 움직여 뛰어보고 싶다
하지만
그는 그냥 있다.

눈도.
손도.
발도 묶인 대로
반항하지 않으며 그저 화장품을 펼치고 있다
화사한 물감도 없지만
줄선 붓도 없지만 망각이 화장을 이어간다

그에게 머리카락이 붓이다
널따란 머리가 화선지다

그저 그렇게 날마다
붓에는 물기가 없었으며
도화지에 색칠하지 않았지만
그는 매시간
그림을 그리고 있다.

주인 떠난 까마귀

사타구니 오그리고
한 줌 온기를 붙잡은 어리석음
그 안 바람이 마실 간다 한다

캄캄한 구름을 뚫고 하늘 날려 보낸
까마귀가 아닐는지
불안하기만 하다.
암흑의 개흙만 눈 안에 가득한 세상
혹
주인 찾아올 비둘기는 아닐지

목맨 기다림에 온기는 땅을 파고들건만
기어이 돌아오지 않는 까마귀
오척 사각 모난 배에 실어
개암에 밀어버리니
날갯짓 먼지 자욱한
어둠 속으로 영영 사라져 버린다

다시는 셀 수 없는 여로라면
호탕이 떠나련다.

삼현 삼죄

입술이 죄짓지 않게 하소서
입술의 힘으로 미소하게 하소서
입술의 요동으로 생각이
사나워질까 염려되니

부디 죄짓지 않게 하소서
항상 하늘의 생각으로 맑게 하소서
짓눌린 억압에 머리가
심각한 혼동 상태가 되어 혼절할까 두렵사옵고

심장이 죄짓지 않게 하소서
심장이 헐떡거려 고통하지 않게 하소서
늘 고민하며 가책을 받아 호흡이 가빠지지 않게 하소서

입술
머리
심장을 주님께 의탁하오니
의의 뜻을 펴는 도구로 사용하소서

대나무

출렁이는 대나무 숲을 지난다.
넘어질 듯하면서 다시 제자리로 온다.
꺾일 듯 쓰러지다 다시 추스른다.

찬바람에 옷깃 치세운 그는 심한 흔들림에
뿌리가 뽑혀 버릴 것 같은 불안감이 밀려오나
대나무는 뽑히지도 꺾이지도 않고 원래대로 돌아선다.
그들은 서로 뿌리가 얽혀 강한 바람에도 본연을 지켜 간다.

그는 속이 비어 여유롭게 잘 받아들이고 양보한다.
눈보라가 몰아쳐도 비바람이 몰아쳐 흔들어도
묵묵히 제자리에서 서로 함께 흔들리다 서고 흔들리다
서길 반복하며 번식한다

작은 어깨를 내어주고 멀리 마중하지 못하지만 은은한
향으로
　피로를 풀어주며 추운 겨울 울타리가 되어
　따뜻하게 안아주고
　여름이면 가느다란 잎사귀로 부채질을 한다.

　그래서 그는
　오늘도 바람에 순응하며
　속삭이는 그들의 숲을 이룬다.

멀리서 이고 온 차향

잔잔한 찻잔에 그림자 둘이 속삭인다.
오래전부터 다정했던 모습인 듯 둘은 마냥 즐거운가 보다
살포시 껴안아 맞댄 머리카락이 얽히고설키는 줄도 모
르고
가느다란 눈웃음이 즐겁다.

어찌나 다정한지 봄마슬 나온 해님
지나칠 수 없어 기웃거리다가 멈춰 서며 끼어들지만
둘만의 그리움이 되어 얽혀버린
실타래를 풀 수가 없다.

산을 오르던 달님!
멈추어 버린 해님.
눈길 뒤흔들다가 쭈-욱 내민 고개
돌이키지 못하고 귀를 기울인다.

피어오르던 차향마저 연인들을 질투하며 사라져 가고
둘만의 피어오른 진한 로맨스에 한 하늘
해와 달도 찻잔을 마주 든다.

아름다운 선율의 찻잔에 그림자가 되어
기울이는 여인의 가슴에 파고든다
외로운 마음을 품을 수만 있다면
몰아치는 숨소리에 귀를 의심하며 두리번거릴 때
익히 다가오는 연인의 호흡을 느낀다.
벌들도 꽃의 숨소리를 달래며
달콤한 특유의 향으로 봄을 다그친다.

봄을 준비하는 여기저기 흙냄새 또 다른
계절이 다가옴을 급하게 내밀며
며칠간의 땅속 깊이 봄빛을 나눈다.

짧은 그림자의 만남이지만 땅은 나를 품으며
그리움을 안으라고 재촉한다.
따스한 빛이 아지랑이를 밀어내어 새싹은 솟더니
아름다운 봄은 그리운 이를 꼬-옥 안으며
진한 찻잔 속에 사랑의 시를 마시는 연인이 되라 한다.

그대와 나의 차향에 묻혀 행복해질 때까지.

봄이 주는 그리움

누런 잔디 시든 뒤
세상에 초록 밝은 마음을
선물하는 소식이 왔다.

까만 바위 틈새에서
고개를 내미는 유록 잎이 눈부시다.

비단 치마저고리 곱게 단장한
봄 처녀를 가슴에 둔
사내의 애달픈 마음을 그녀는 알련 지

매화 향 짙어지면
내 마음 더욱 슬퍼 갈피를 잡지 못하고
이슬처럼 사라지리니
부디 임 그리는 고운 님!
다가와 안아주시구려

애타는 가슴에 그대의 향기를 부어
훨훨 나는 새가 되어
그대 곁을 영영 떠나지 않으려 하니
아쉬운 그림자만 홀로 보내지 마시고.

이봄이 화창한 꽃을 들고 오기 전에
내 품에 안기어 주시구려.

친구에게

그렇게 쉬이 시들려고
숱한 세월을 씨름하셨나요.

그렇게도 깊이 숨으려고
삶의 암벽을 오르내렸나요.

아침이슬 안개 속 라일락 꽃처럼
하늘거리며 보낸 우리들의 속삭임이
채 꽃피기도 전에
인생의 벼랑으로 투신하셨나요.

나의 사랑 나의 형제여
그대가 머물던 성전에
옥합 향기가 아직 그대로인데
당신은 검은 머리 세마포
수의 자락 부추기며
기어이 홀로 숨어 버리는가요

슬픔에 비틀거리는
우리의 만남이지만
그대가 사랑하는 이들일랑
어찌하고 훌쩍 떠나가는 거요

나의 사랑 나의 친구여
가시려거든
우리의 찬송 담아 가소서
통혈의 기도 머리에 쓰고 가소서

금 마차 천군 천사 나팔 소리에
곱디고운 순한 입맞춤
기억하도록
천국문 열렸을 때 뛰어가소서

당신과의 만남이 영원하도록.

아침 햇살

밤의 침묵은 어둠을 이긴다
가슴에 희미하게 숨겨진
인간의 허상
사람들의 거짓들
짓밟혀진 양심의 가책을
주님의 목침을 통해 다시
재활시켜주시는 십자가가 있기 때문이다.

아침이다
이슬 속에 머금은 수정을 꿰어
반짝거리는 햇살로 씻어 다시 태어난다.

눈먼 어둠이
용서와 화해의 빛으로
새 힘을 얻어 일어선다.

그분의 영성이 솟구치는
하루가 기대된다.

제5부
은빛 그리움

개나리 기억

심장의 피가 사랑의 희열로

성찬의 기쁨

나도 한다

만드신 이의 기쁨

갈망

입술 굳게 다문 고백

고백

은빛 그리움

하루

어두움의 그림자

아궁이에 핀 군불

줄을 잡아당기는

신부의 메아리

그대가 있기에

하얀 깃털 옷

개나리 기억

머리를 동여매지 않아도 좋다

그의 마음을 알기에
가장 소중한 것을 약탕에 넣고 달인다.

해맑은 미소에 힘을 얻는 것은
파릇한 이파리에 매달린
늦둥이 개나리꽃의 기쁨이기에
미소로 다가갈 수 있어 좋다.

어깨동무로 어우러져 유혹하는 화려함 보다
노란색 세월에 바래 무덤 없이 나뒹굴다 밟혀
갈기갈기 찢어져 사라진다 해도
꽃잎을 세워주는
그가 있기에 나를 기억하련다.

심장의 피가 사랑의 희열로

잔잔한 바다에 밀려온 파도
잡으려 손을 내어 봅니다.
하얀 거품으로 다가서는
마음 애타 비어버린 대나무를 대어 봅니다.
거품을 토해 내는
바다의 심장에 피가 흐르지만
따스한 포용이
햇살 빛으로 어두움을 물리치고 있어
멈출 수 없는 인생의 희열로 가득합니다.

그대는 별처럼 맑고 티 없어
그늘진 인생에 진 맛을 보게 하여
당신 앞에 진실해질 수밖에 없음을
고백하게 했습니다.

별을 감추어 버린 태양도
당신의 은은한 온기를 느끼어
빛을 찾았고
한 겨울 추위도 체온의 부대낌이
따뜻함을 회복된다.

소리 없이 들려오는 그대의 목소리는
심장을 통한 손끝으로 솜이불같이
포근함으로 날 감싸 안고 서로를 음미하는
달콤함이 설레게 한다.

보일 듯 말 듯
그네 타는 소녀의 모습으로
당신의 숨소리는 며칠 밤을
영혼의 호흡을 지탱케 한다.

타고 흐르는 선을 흔들어도 보았고
당겨도 보았지만 메아리 없는 선은 냉혹한 그림자가
가슴에 멈추어 있기를 바란다
그림자는 날 이해했고
그림자는 나의 모든 것도 수용할 줄 안다
그림자는 어쩜 나의 거짓된 고백도 사실로 인정하듯
웃어주기 때문이다

성찬의 기쁨

살이 찢어진다
씹히면 씹힐수록
죄의 극난이 입안에서 터질세라 치고 박는다.
피가 흐른다
입안에 가득한 아우성을 뱉어낸다.

주님!
피가 입안에 가득하여
숨이 막힐 지경인데
뱉을 수도
삼킬 수도 없어 눈이 아픕니다.
가슴이 갑갑하고 어지러우니
살려주소서

숨통이 조여 오고
심장이 터질 것만 같습니다.

타고 흐르는 줄기마다 아우성치며
긴박하게 움직인다
손짓하며 요동하던
팔이 잠잠해지고 머리가 맑아져 일어난다

살았으나 죽었던 샘
죽었으나 살았던 몸이
새 옷을 입었다.

나도 한다

세상이 이러니
나도 한다가 아니라

하나님이 하시니
나도 한다.

하나님이 우리를 새로운 역사를 이루려고 하시니
나는 한다.

예수님이 오른뺨을 대셨으니
나도 한다

성령님이 통회 하시니
나도 한다

나도 성삼위의 사랑에
세상을 보며 통회한다.

만드신 이의 기쁨

궁창에 하늘의 꽃이
안개를 걷어 올린다.

심장의 소리가
사랑으로 승화되고
울림이 산과 바다를 움직인다
파도가 노래를 부르니
산이 춤을 춘다.

하늘의 손이 흥겹게
토기를 빚고
심장이 이식된다
뭍에 호흡이 맞대어
호명하니 푸드득 화답한다.

생동하는 생명들이
좋았더라만 있으리라.

갈망

그가 비운 자리가 그립다.

기다렸던 시간들 가슴을 따뜻하게 했는데
떠나보낸 시간 허전한
가슴으로 메울 길이 없다.

누군가가 꼭 필요했기에
애태운 마음
누군가가 그었으면
간절한 바람의 마음
눈 안에 가득한 그가
앉았던 따뜻한 자리가 계절과 다르게 식어간다

곁에 있을 땐 별것이 아닌 양
그리 그렇게 지내는데

손가락을 놓아 펼쳐지는 허망한 마음
구멍 뚫린 한 잎 이파리 붙잡고 있는 뿌리

그가 그였으면 하는 갈망의
마음이 식지 않길 바람으로
내게 이렇게 와주길 기다리련다.

입술 굳게 다문 고백

입술을 닫아
말하지 않을래요.

머릿속에 뛰노는 말
그대 머리끝에 앉힐래요.
혀에
침을 바르지 않을래요.
맑은 눈동자의 촉촉함을
당신의 동공 빈자리를 찾을래요.

입술에
침을 바르지 않을래요.
목줄 태워 흘려내려
심장이 데워 떨리는 맘 달래
한 아름 안을래요

침 바른 거짓 참지 못해 코끝을
벌렁대지 않을래요.
차라리 심장을 손에 담아 당신
손에 쥐어 드릴래요.

고백

주여!
죄인이 주께 죄를 고백하는 이 순간이 좋습니다.
주여!
내가 당신에게 죄인의 마음을 드릴 수 있어 행복합니다.
주여!
내가 이 순간을 떠나 죄 앞에 무릎 꿇어도 이 순간은 나에게 엄청난 회개로 당신께 가오니 행복합니다.
주여!
내가 이 짧은 순간에 당신으로 인해 눈물을 흘릴 수 있어 고맙습니다.

주님!
손에 땀이 나는 괴로움이 있는 이 순간 이 땀이 마르지 않았으면 좋겠습니다.
당신의 회초리가 날 휘어 감아도 난 아파하지 않으며 감사 할 수 있을 것 같아 행복합니다.
주님!
난 당신의 사랑을 지금 이 순간에도 받고 있으니 이 시간이 내 일생의 전부이길 기도하렵니다.

은빛 그리움

강물에 띄울 수 있다면
혼을 띄워 보내련만

구름에 태울 수 있다면
영혼 담아 보내련만

바람에 그림자가 있다면
이내 가슴 바람 그림자 그리어
포근한 은빛 털로 감싸 안으련만

밀려오는 노을에
눈을 잃어도 그리움이 어둠을 파고든다

애달픔은 가슴을 더듬고
그리움은 돌문에 헐떡거린다

문들아 부서져라
바람아 돌아라
나무를 흔들고 몸을 흔들어
올라타 그림자를 만들어
영혼과 영혼 꽃
피어나게 하여라.

하루

영원의 하루가 간다.

먹구름을 동반한 지루한 하루였던가
슬픔을 안고
기쁨을 속삭이며 지친 영혼을 지고
뿔뿔이 헤어진다.

숨을 고르며 다시 걸으며
보채는 아이들이며 안쓰러워하는 문지기를
가슴에 안고 급하게 달려간다.
혼잡한 도심은 세월의 흐름도
역겨워 갈피를 잡지 못하고 휘~이 달리고 있다
경마장의 라운드를 방향 없이 뛰는 눈을 가린 경주 말처럼
달리고 또 달려만 간다.

세월이 그를 부른다
이마에 흐르는 땀들이 얽혀 녹아내리는 아스팔트 기름
냄새로
발목을 잡아끌어도 아랑곳없이 달려야만 한다
모퉁이를 휘-익 돌다가 멈추어 선다
빨강 신호등이 인생을 멈추어 세운다.

긴 호흡을 들이키며
어느새 어둠으로 꽉 찬 하늘은 비라도 뿌리려는 듯
잔뜩 찌푸리니 파랑 신호등이 길을 열어준다.
하늘과 땅을 바라보는 시간에 인생을 엮으라며
귀에 대고 앵앵 소리친다.

들어 볼 수 없는 세월이 후회의 송장이 되어
땅을 파는 곡괭이 소리로 가슴을 칠
그날은 오늘이라 이른다.

내가 나를 언제 바라볼 수 있겠는가.

어두움의 그림자

별은 없지만 별이 보인다
캄캄하지만 빛이 있다.

나무
꽃
풀도 없지만 숨소리가 들린다
어둠이 질투가 나도록 속삭인다.
보이지 않아도 볼 수 있는 것은
그들만의 영혼의 빛이 있다.

아무 말 하지 않아도
짤막한 글 한 줄만으로 만족하며 기뻐한다
어둡고 불안한 것 같아도
속내 마음엔 언제나 사랑의 꽃을 피워 간다.

캄캄한 무지에도
정리되지 않음에도 느낌 하나로
그들의 사랑은 질서가 있고
다짐이 있어 기뻐한다

그들은 서로를 너무나 잘 안다

내일 또다시 해가 다가오듯이
그들에게 어둠은
빛으로 호흡한다.

아궁이에 핀 군불

어둡고 캄캄하지만 찾을 수 있다
그의 향기가 짙기 때문이다
바람 소리
새 우는 소리 들리지 않는 적막함이
어둠을 더해도 눈엔 그가 있다.
눈이 그의 환한 미소를 기억하기 때문이다
.

등불을 끄고 더욱 깊숙이 그를 상염 한다
별들도 어디 숨었는지 알 수 없는 밤
가끔씩 눈앞을 스치는 반딧불이라지만
내 안에 그리는 그의 빛은 밝고 찬란하기까지 하다.
어둠이 몰고 온 냉혹한 차가움에 부딪혀도
그의 가슴은 여전히 따뜻하다.

그건 다른 이 갖지 못한 사랑의 불이 활활 타오르고
차가운 바람도 휘감으니 체온에 열이 나는 것은
병이 깊어지는지도 모른다.

서쪽 하늘에 벗어 버린 별처럼
아픔을 이기지 못하고 반짝반짝 소리치나 보다
원하지만 서로가 지켜야 하는 또 다른 무엇,

샛별처럼 말없이 반짝이며 사랑의 고통을 견디는
애달픔이 가슴을 태우고 있다.

줄을 잡아당기는

서로가 맞고
맞지 않아도 좋다
실과 연은 넓고 푸른 하늘을
날아오르면 된다.

검은색 실도 좋다
하얀색 실도 좋다
연은 무슨 색이든 상관하지 않는다

그저 창공을 날 수만 있다면,
날고 싶었기에
줄을 잡아당기는
실이 좋기만 하다.

신부의 메아리

햇살 탄 메아리가 온다.
살 속을 파고드는 신부의 음성이 감미롭다.

간절한 마음에 그리움의 싹이 돋아
화창한 봄날의 신부는 꽃가마 타고
신랑은 풀잎 꺾어 귀에 걸어 뛴 걸음친다.

아리따운 신부여!
당신 생각 싹을 내고 가슴에 꽃이 붉게 피었고
유록빛 깃을 내밀더니 벌써 입안에 붉은 사과를 한입
달콤 새콤 입안이 흠뻑 젖었다.

어여쁘고 낭랑한
목소리에 혼을 빼앗겨
붓을 놓쳐 가슴 찢기는 아픔이 저릴까.

그대 마음의 호젓함으로 꿈을 꾸고 싶다
깊고 깊은 잠을 취하여 호롱불 흔들며
신부를 맞고 싶다.

그대가 있기에

그대가 있기에
눈이 열려 하늘이 보인다.

해가 빛을 다하지 못해도
달이 빛을 발하지 못해도
당신이 등불이며 빛이기에
세상이 밝고 환하여 그대를 본다.

손잡은 당신처럼
모든 일이 손안에 있고
가슴이 저리는 꿈을 꾸고 싶다.

그대가 원하고
그대가 바라면
그것으로 족하다

당신을 알고부터 하루가 너무 짧고
시간에 밟히는 꽃의 아픔을
애달파 할 수 있고
씨앗 통에
새날을 담을 수 있게 되었다.

하얀 깃털 옷

겨우내 떨었던 자연이 이제 가뿐한 새 옷을 입는다.
검은 구름 찬바람 무던히도 참아 왔으니
이제 산들바람 봄볕에 나래를 편다.

입김을 막았던 마스크를 벗고 무거운 오버를 벗어 장롱
깊이
묻어 다시는 몸서리치는 겨울을 떨치려
새 옷으로 갈아입는다.
노란 저고리에 파란 바지 맵시 나게 갈아입고
거들먹거리며 쭉-욱 뻗은 도심을 활보한다.

새 옷에 날개를 달아 날 듯
아직도 깃털 단 옷깃이 머리를 감도니
떨쳐 버릴 수 없는 추억이 머리를 어지럽힌다.

늦깎이 시인이 빚어낸 눈물 어린 시편들

| 오봉옥 (시인, 서울디지털대학교 교수)

1

대학교 문예창작과 교수로 재직하고 있으면서 여기저기 문화센터에서 강의를 하다 보니 수많은 작가 지망생들을 만나곤 한다. 나는 작가 지망생들을 만나면 으레 묻는다. 이 세상에 즐길 게 많은데 왜 하필 시를 쓰려고 하세요? 그러면 비슷한 대답들을 내놓는다. 내가 가진 결핍이 시를 쓰게 만들었습니다. 특별한 이유라기보다 그저 유명한 시인이 되고 싶었습니다. 세상이 답답해서 하고 싶은 말 실컷 해보자는 생각이 들었지요. 시를 좋아하니까요. 그런데 간혹 우연한 기회에 글을 쓰게 되었다고 대답하는 사람들이 있다. 김경범 선생의 예가 그렇다. 그가 시집을 내고 싶다고 말했을 때, 나는 시를 쓰게 된 계기부터 물었다. 그는 대뜸 종교 모임에서 소식지를 만들게 되었는데 남은 지면을 채우기 위해 쓰게 되었다고 대답했다.

아하, 그를 시로 이끌어낸 건 우연이었구나. 다시 물었다. 그럼 얼마 동안 몇 편의 시를 쓰셨는데요? 1997년부터 시를 쓰기 시작했으니까 횟수로 23년쯤 되고, 작품 수는 약 350편쯤 된다고 했다. 깜짝 놀랐다. 시집 한 권이 60편 남짓의 시를 싣는다고 했을 때 그는 여섯 권 분량의 시를 써놓은 것이었다. 시를 쓰게 된 계기는 우연이었다고 해도 300편이 넘는 시는 즐기지 않고는 나올 수 없는 분량이었다. 공자는 '아는 자는 노력하는 자만 못 하고, 노력하는 자는 즐기는 자만 못 하다'고 말했다. 시를 배운 적도 없는 그가 300편이 넘는 시를 생산했다는 것은 그만큼 즐기면서 썼다는 것을 의미한다. 생각이 거기에 미치자 그의 시가 궁금했다.

그렇게 김경범을 읽었다. 그는 언어를 막무가내로 끌고 다니는 사람이 아니어서 편했다. 인위적인 시들을 의무적으로 읽는 데 치중하다가 자연스럽게 술술 써 내려간 원고들을 읽으니 편할 수밖에 없었다. 억지로 꾸미지 않고 거침없이 써 내려가는 그의 시들은 아주 자연스럽게 내 안에 스며들었다.

2

김경범은 독실한 기독교 신자이다. 그런 만큼 그가 쓴 시는 성시가 많다. 종교시는 종교적 사상과 신앙을 노래한 글이어서 신을 찬미하는 경우가 많다. 넓은 우주에서 찰나적인 삶을 살 뿐인 인간이 구원을 얻는다는 것은 오직 주님을 통한 것일 수밖에 없다는 생각이 '신의 찬미'로 이어지는 것이리라. 그런 점에서 종교시는 일정한 내용을 전제로 하는 것이어서 일정한 틀에 묶여있는 느낌을 주기도 한다. 김경범의 종교시들을 두고 내가 굳이 '성시'로 표현하고 싶은 이유는 일반적인 종교시들과 달리 자유롭다는 점, 많은 시편들이 고해성사처럼 고백 형식으로 되어 있다는 점, 고백의 형식으로 쓰여 진 만큼 그의 시들에선 그의 맑고 깨끗한 영혼이 배어있는 듯한 느낌을 안겨주기 때문이다.

주님!
별을 보도록 눈을 주소서
주님!
별을 찾아가도록 발을 주소서
주님!
몸 안에 계신 주님께 드릴 선물 안을 손을 주소서
주님!
손엔 지팡이뿐인데 이 몸을 받으소서
–「늘 생각하는 기도」 전문

그동안 수많은 성시들을 봐 왔지만 이렇게 간명하면서도 울림이 큰 시는 없었다. 화자의 정신 지향이 '별'에 가 있다. '별'이라는 순정한 물체는 화자가 지향하는 내적 세계이자 동경의 대상이다. 시적 화자는 별을 볼 수 있는 '눈'이 있어야 내적 세계가 완성된다고 믿는다.

그는 내적 세계를 완성하기 위해 부단히 움직여야 한다. 그런

점에서 '발'은 화자의 의지이자 다짐의 표현이다. 화자를 추동
하는 것은 '몸 안에 계신 주님'이다. 화자의 바람을 실현시키는
주체도 '주님'이다. 이 시는 자신을 움직이게 하고, 자신의 바람
을 실현시켜줄 '몸 안에 계신 주님'께 호소하는 형식으로 되어
있다. 소름 돋는 것은 마무리의 비약에 있다. 마무리의 비약은
자신이 처한 현실을 상기하는 데에서 나온다. 자신은 '별'을 볼
수 있는 '눈'과 '별'을 찾아갈 수 있는 '발'을 가지려 하나 그것
은 쉽게 주어지지 않는다. 화자는 자신의 내적 세계를 완성시켜
절대자인 '주님'께 '선물'을 드리려 하나 그것 역시 쉽게 달성하
지 못한다. 그런 상태에서 자신을 직시해보면 남은 건 '지팡이'
뿐인 신세가 된다. 화자는 이미 자신의 이상과 동경의 대상을
향해 나아가기 힘들 정도로 늙고 병들어 있다. 그런 점에서 '별'
은 공간적으로 멀리 있으며, 시간적으로도 많이 늦은 상태에 있
다. 그런 신세를 이 시는 '지팡이'의 상징물로 아프게 드러낸다.
문제는 이러한 현실적 자각을 좌절이나 절망의 정서로 몰고 가
지 않고 '몸'을 바치는 것으로 비약시키는 데에 있다.

좌절이나 절망이 원망으로 연결되기는커녕 자신의 '몸'을 바
치는 의지나 행위로 연결되고 있으니 전율이 오지 않을 수 없는
것이다. 그만큼 '주님'이라는 대상은 화자에게 절대적인 존재이
고, 자신은 그 대상에 비해 하찮은 존재자임을 이 시는 역설하
고 있다. 마지막 남은 것을 바치고자 하는 그 순정한 마음은 어
디에서 오는 것일까, 그것도 그 마지막 남은 것이 '목숨'이라고
했을 때에 그 마음은 순정함을 넘어 거룩함으로 연결되지 않을
수 없다.

이 시는 나같이 종교가 없는 사람에게도 깊은 울림을 안겨준다. 나에게도 그런 대상이 있을까. 목숨까지를 기꺼이 내놓을 수 있을 정도로 큰 존재를 자신 안에 가지고 있다는 것은 부러운 일이 아닐 수 없다. 아니 그것은 부러움이라는 감정적 차원을 넘어 근원적 결핍을 느끼게 하는 공허함으로 연결된다는 점에서 이 시는 또 다른 차원의 확장성을 지니고 있다. 이 시가 명료성을 통해 깊은 울림을 안겨주고 있다면 다음의 시는 명료한 듯 모호하고, 모호한 듯 명료한 느낌을 주면서 우리로 하여금 많은 생각을 하게 한다.

목구멍까지 차오르는 죄악이
줄기 타고 흐느낀다
귀속에 밀려오는 사랑하는 자의
음성에 붙잡혀
숱한 허물 눈물이 고백한다.

가죽옷 깁던 손
바늘에 찔리는 고통 마다하지 않으며
해어진 심장 안아
산산이 부서진 형상
한 뜸 한 뜸 꿰매는 아픔보다
돌아서지 못하는 영혼의 고통에

피 비린 내음
하늘에 뿌린다.

아버지여!
잔을 옮기지 마소서
저들의 행위로 왕관을 씌우소서.

밀려 오는 고독이
땅을 가르고 영. 육. 혼이 일어선다.
흥건한 피 비릿 비가 되고 뇌성이 멈추니
메던 목이 풀리고 현악이 울린다.
눈물이 도는 눈망울에 붉은 홍조 생생하며
가죽옷에 생명 드니
허물이 무너져 영혼을 찬양한다

땀 덩이가 피어나고
밟힌 땅이 꿈틀거려다
　　　　　　　-「가죽옷에 핀 꽃」 전문

　이 시는 고백과 비판과 찬양이 버무려져 있다. '목구멍까지
차오르는 죄악'을 체험한 화자는 눈물로 고백을 한다. 2연에서
의 화자가 '영혼의 고통'을 당하고 있는 점을 감안한다면 이 '죄
악'은 자신이 아닌 타자로부터 발생한 것임을 알 수 있다. 그리
고 그 '죄악'은 화자 자신에게 '영혼의 고통'을 안겨줄 만큼 충

격적인 것임을 확인할 수 있다. 시적 화자는 '바늘에 찔리는 고통' 마다하지 않고 '가죽옷'을 깁는 일보다 더 크게 상처를 주는 것이 그 어떤 정신적 충격임을 토로한다. 마침내 화자는 하나님께 호소한다. '아버지여! 잔을 옮기지 마소서/ 저들의 행위로 왕관을 씌우소서', '저들'은 지금 '잔'을 옮기려는 자들이고, 그 '잔'을 옮김으로써 '왕관'을 쓰려는 자들이다. '잔'과 '왕관'은 예수님이 십자가에 못 박히기 전에 올린 마지막 기도를 떠올리게 한다. 예수님은 절체절명의 순간에 '내 아버지여 할 만하시거든 이 잔을 지나가게 하옵소서. 그러나 나의 원대로 마옵시고 아버지의 원대로 하옵소서'라고 기도한다. 여기서 '잔'은 죽음을 가리키고, '아버지의 원'은 하나님의 뜻을 일컫는다. 이 시는 예수님의 이 마지막 기도를 빗대어 '잔'을 옮기지 말아 달라고 호소하고, '저들의 행위로 왕관'을 씌워달라고 호소한다. '왕관'은 말할 것도 없이 예수가 십자가에 못 박힐 때, 로마의 병정들이 예수를 조롱하기 위해 가시나무로 만들어 머리에 씌운 '가시면류관'을 빗댄 표현이다.

예수님이 말한 '잔'이 죽음을 가리키는 것이라면 이 시에서의 '잔'은 '저들이 있어야 할 곳'을 가리킨다. 예수의 머리에 씌운 '가시면류관'이 '조롱'에서 나온 것이라면 이 시에서의 '왕관'은 풍자에서 나온 표현이다. 왜냐하면 '저들'은 더 화려한 '왕관'을 쓰기 위해 '잔'을 옮기려 하기 때문이다. 시적 화자는 그럼에도 불구하고 '저들'을 응징하는 데에로 나아가지 않고 하나님을 향한 찬양으로 마무리한다. 응징의 주체 역시 자신이 아닌 '하늘'임을 자각하기 때문이고, 그리하여 하나님만이 '밟힌 땅'을 꿈

118

틀거리게 하고 '땅덩이에 꽃'을 피우게 하는 존재자임을 자각하기 때문이다.

이와 같이 김경범의 성시에는 무조건적인 찬양이 아니라 종교적 의지와 현실적 모순 간의 갈등과 투쟁의 모습이 생생하게 반영되어 있다. 이 시의 묘미는 모호성에 있다. 화자는 '죄악'의 구체를 적시하지 않는다. 그 '죄악'을 저지른 대상을 예수의 마지막 기도로 빗대어 이야기하는 것도 모호성을 유발하는 요인이다. 모호성은 시의 묘미를 극대화할 수 있는 한 방법이다. 모호성은 뭔가를 생각하게 만드는 힘으로 작용한다. 뭔가가 둔중하게 깔려있다는 느낌도 안겨주고, 사유의 깊이가 만만치 않음을 보여주는 요소로도 작용한다. 이 시의 마무리에서 보여주는 긍정의식은 다음 시에서도 이어진다.

남이 앉은 자리 더럽고 추한 자리
내가 앉으면 청결하고 깨끗한 자리

피고름
얼룩진 매트리스 시트 한 장으로 감쳐진
불결한 자리지만
손안에 화장지 한 장
온화한 마음 닿으면
포근한 병상의 침상이다

고통스러워하며 소리치던 아픔
숨을 헐떡이며 가래가 목을 휘감아도
살아있다는 안도감에 희망을
가졌던 숱한 자리다.

간신히 올라온 백색 홑이불 한 장에
붉은 피로 생명을 불안케 했지만
내가 펼쳐 놓은 홑이불 요
마음을 다스려 평안으로 안도한다.
　　　　　－「구린 자리 내 자리」 전문

이 시는 마음이 모든 것을 지어낸다는 '일체유심조'의 용어를
떠올리게 한다. '일체유심조'는 원효가 중국으로 유학을 하러
가다가 그 어떤 일을 계기로 큰 깨달음을 얻었다는 데에서 나온
말이다. 그것은 다름 아닌, 원효가 한밤중에 목이 말라 물을 찾
다가 바가지에 있는 물을 맛있게 마시고 다시 잠이 들었는데 아
침에 일어나 보니 간밤에 마신 물은 해골에 고인 물이었다는 일
화이다. 해골 물을 확인하는 순간 원효는 '모든 것은 마음에서
나온다'는 큰 깨달음을 얻었다는 것인데 이 시가 바로 그러한
'일체유심조'의 마음을 보여주고 있다.
　병실의 침상은 숱한 사람들이 '피고름'을 흘린 자리이고, '고
통스럽게 소리치는' 자리이다. 시적 화자는 그 침상을 '청결하
고 깨끗한 자리'로 여기고자 한다. 아무리 더러운 자리라고 하
더라도 '손안에 화장지 한 장'만 있으면 치울 수 있고, '온화한

마음'만 닿으면 그 '더럽고 추한 자리'가 '포근한 병상의 침상'
이 될 수 있다는 것이다. 이런 긍정의 마음은 어디에서 나오는
것일까. 김경범 선생이 독실한 기독교 신자임을 감안한다면 그
런 긍정은 신앙에서 나온 것임을 알 수 있다.

이 시에서 주의를 사로잡는 건 제목이다. '구린 자리'를 '내
자리'로 여기고 사는 존재들을 생각해 본다면, 그런 마음 씀씀
이를 헤아려 본다면 우리는 모두 숙연해지지 않을 수 없다. 그
것은 자신을 낮출 줄 알고, 희생할 줄 알고, 봉사할 줄 알아야
나오는 마음이기 때문이다.

3

김경범의 자유시는 대체적으로 삶을 반영하고 있거나 그리움
을 노래한 시편들이 많다. 이 자리에서는 그리움을 노래한 두
편의 시를 살펴보고자 한다. 공교롭게도 두 편의 시는 그리움을
주제로 한 시이면서 많은 면에서 닮은꼴의 형태를 취하고 있어
흥미를 자아낸다.

무뎌진 그리움이
가을을 안는다

부딪칠 수 없는 사랑
접인 학이 되어 갇히니
아리는 복받침이
유리병을 차오른다.

바다가 삼키다 목에 걸린

노을이 달을 물고

그 빛에 쫓겨난 어둠이

그림자를 안고

버둥거린다.

　　　　　-「無情」중에서

그리움이

유리병을 채운다

쫓아갈 수 없는 하늘

날개 접힌 학 되어

가슴앓이로

병 안에 시들어간다

(중략)

무정의 그리움

깃털 없는 날개 허우적거리다가

유리병에 피를 토한다

　　　　　-「유리병」중에서

「無情」에서 화자는 가을 바다를 보며 그리움의 대상을 떠올린다. 둘은 '부딪칠 수 없는 사랑'을 했고, 그런 뒤 화자는 유리병 속 '접힌 학'의 신세가 되어 복받쳐 오는 슬픔을 느낀다.「無

「情」의 3연은 뛰어난 표현미를 자랑한다. '바다가 삼키다 목에 걸린 노을'은 둘의 상황을 비유적으로 노래한 부분이고, '그 빛에 쫓겨난 어둠이 그림자를 안고 버둥거리는 것'은 화자 자신의 처지를 빗대어 노래한 부분이다. 「유리병」에서 화자는 유리병 속에 갇힌 '날개 접힌 학'이 되어 가슴앓이를 하고 있다. 그래서 '깃털 없는 날개 허우적거리다가 유리병에 피'를 토하고 있다. '무정의 그리움'이라는 말이 주의를 사로잡는다. '무정의 그리움'은 「無情」의 '무뎌진 그리움'의 표현과도 연결된다. 시간이 흘러 그리움도 무뎌져 간다는 데에서 우리는 안타까운 마음을 갖게 된다. '날개 접힌 학 되어 가슴앓이로 병 안'에서 시들어간다는 데에서 그 안타까움은 증폭된다. 이 시들은 그리움이 절절하게 녹아있어 가슴을 아프게 한다. 우리는 모두 그런 대상들을 품고 사는 존재들이기에 애달프고, 안타깝고, 가슴이 저며 천장한 구석을 바라보게 되는 것이다. 그러면서 나도 모르게 그 그리움의 대상을 떠올려보는 것이다.

　김경범의 시세계를 간략하게나마 살펴보았다. 나는 그의 시집 원고를 한상차림을 받아든 느낌으로 읽고 또 읽었다. 그의 시들은 그가 살아온 삶만큼이나 다채로웠다. 한식의 묘미가 다채로움에 있듯이 그의 시는 다양한 경험에서 우러나오는 풍부한 정서적 표출과 함께 깊은 신앙심을 보여주고 있어 재미가 있으면서도 숙연함을 안겨줄 때가 많았다. 그와의 일화 한 토막을 덧붙이며 이 글을 마치고자 한다. 그는 시집에 실어야 하는 사진을 보내달라고 하자 조심스럽게 자신의 단독사진이 아니라 아내와 함께 찍은 사진을 보내면 안 되겠느냐고 물어왔다. '저

자의 말'을 통해 아내에게 거듭 고마움을 표하는 것으로도 모자라 함께 찍은 사진을 올리고 싶다 했을 때 난 말문을 잃고 말았다. 김경범 시인은 그런 사람이다. 많은 사랑을 바란다.

가죽옷에 핀 꽃

초판	1쇄 인쇄일	단기 4353년 (서기 2020년) 10월 25일
초판	1쇄 발행일	단기 4353년 (서기 2020년) 10월 31일

지은이	김경범
펴낸이	황혜정
인쇄처	삼광인쇄
펴낸곳	문학사계
	등록일 2005년 9월 20일 제318-2007-000001호
	서울시 중구 세종대로 135-7 세진빌딩 303호
	Tel 02-6236-7052, 010-2561-5773

배포처	북센(031-955-6706)

ISBN	978-89-93768-62-6
가격	9,000원